KB027901

바람의 시간

우주에는 한 사람의
완전한 '연인' 이 있으니
그는 거룩하고 위대한 '시인' 이다
사람이 꽃보다 아름답고 별보다 빛난다 함은
매일 시를 음미하기 때문이다
시는 생명의 사랑이라 했으니…

오다겸 인문예술시 ③

바람의 시간

한누리미디어

시는 자연의 빛과 향기로
인생 희로애락을 노래한다

　오다겸 시인의 시집 《바람의 시간》 출간을 축하드립니다.

　세상에는 아름다운 것이 많이 있습니다. 우리 인간은 누구를 막론하고 아름다움을 찾아 행복을 누리고자 합니다.

　시는 인간 희로애락을 보듬어주는 사랑의 자양분으로 신비로운 자연 만물의 의미를 깨우쳐 줄 뿐 아니라 삶의 새롭고 다른 길을 열어 줍니다.

　인간의 '오욕락' 을 극복하여 진리를 깨닫고 인간이 경험하며 도달할 수 있는 이상적인 '피안' 의 경지를 꿈꾸기도 합니다. 그래서 예로부터 시인은 인간을 초월한 '신성' 이라 불렀던 것입니다.

　이렇게 시적인 정신으로 삶을 가꾸어 갈 때, 인간의 감성이 꽃처럼 피어나서 봄날 같은 삶을 살아갈 수 있는 것입니다.

　행복은 풍요한 물질에도 있지만, 아름다운 정신의 가치가 더 크게 작용합니다.

　그래서 '일체유심조(一切唯心造)' 라 하듯이, 인간의 매사는 마음에

정 세 균
(전 국회의장, 전 국무총리, 현 노무현재단 이사장)

서 일어나고 마음에서 사라지기 때문입니다.

이렇듯 시 예술적 감성이 메마른 사회는 마치 물 한 모금 먹지 못하고 썩어가는 나무처럼 사람의 향기가 없는 사회라고 말할 수 있습니다.

따라서 우리 사회 곳곳에는 어머니 심성 같은 꽃이 많이 피어나야 합니다. 우리 인간의 꽃은 바로 시이기 때문입니다.

이러한 시적 아름다운 소통을 통해 우리 사회를 움직이는 '정치를 예술처럼, 삶을 자연처럼' 살아가는 길을 열어가는 데 앞장서 왔던 오다겸 시인은 지식과 이성적인 이해관계가 충돌하는 정치 일선에서 시적 감성을 정치에 투영시킨 최초의 여성 정치인이라 말할 수 있습니다.

따라서 문화예술시대에 융합적으로 부응하고 있는 오다겸 시인의 '인문예술시'를 많이 읽어서 아름답고 행복한 삶을 영위하는데 도움이 되었으면 좋겠습니다.

"문학은 마음의 양식이다."

마음의 양식은 곧 생명입니다.

우리 사회에는 정치 경제 사회 문화 종교를 비롯한 많은 분야가 있지만, '마음의 양식'의 '정의'는 문학 밖에 없습니다.

그만큼 문학은 중요한 인간의 본질입니다. 아무리 '부귀영화'라고 해도, 아름다움과 사랑이 없는 것은 죽음입니다.

천재 물리학자 아인슈타인에게 제자가 물었습니다.

"스승님, 인간의 죽음이 무엇입니까?"

아인슈타인은 단번에 대답했습니다.

"죽음은 시를 읽지 못한 것이다"라고 말입니다.

그만큼 시가 중요하다는 것입니다.

기원 전 공자 때부터 동서양의 철학자들이 '시는 우주만물 중에서 가장 아름다운 연인이다'라 했으니, 그럴 만도 합니다.

세상에서 가장 아름다움의 상징적인 단어가 바로 '진선미'입니다. 오늘날 이 진선미란 단어가 아름다움을 대표하는 단어로 광범위하게 쓰이고 있지만, 사실 진선미는 시학을 창시했던 아리스토텔

레스가 시의 아름다움을 말하면서 알려지기 시작한 단어입니다. 시는 어떤 유 · 무형의 생물체와도 사랑을 나눌 수 있는 우주만물 중 가장 아름다운 연인이라고 했습니다.

언제나 달처럼 맑은 눈, 해처럼 뜨거운 가슴, 별처럼 반짝이는 꿈, 꽃처럼 웃는 얼굴로 세월의 손을 잡고 '삼라만상'의 '생로병사'와 '희로애락'의 자연의 무늬를 그리는 것이 '시문'입니다.

꽃은 땅속에서 피어나고 사랑은 인간의 마음 속에서 피어납니다. 그런 저는 소녀 때부터 꽃을 보면 꽃 이야기를 듣고 싶은 상상력이 생겨났습니다. 그럴 때마다 저는 사랑의 문을 활짝 열고 꽃을 심는 꿈도 꾸어 보았습니다. 하지만 꽃은 세월이 흐르도록 제 마음에 피지 않았습니다.

그런 꽃은 흙에서만 피어나는 것으로 알았습니다. 하지만 저의 마음 밭에 꽃씨를 심고자 했던 그 소녀의 감성은 마치 어젯밤에 꾼 생생한 꿈처럼 사라지지 않았습니다. 그 꽃씨는 제가 사회봉사와 더불어 정치에 입문하면서 만나게 되었습니다.

우리 인간은 좋으나 싫으나 정치 속에서 살아갈 수밖에 없는 숙명입니다.

'정치는 종합예술이다'라고 하는데, 제가 느낀 정치는 예술은커녕 탐욕적인 이성과 지식이 투쟁하는 '이전투구' 장처럼 보였습니다. 그런 정치는 아름다운 사랑과는 거리가 멀었습니다.

저는 오염된 그곳에 한 방울 이슬 같은 역할을 하고자 저부터 정화하기 시작했습니다.

소녀 시절부터 꿈꾸어 왔던 꽃 같은 시적 철학을 갖고 아름답고 향기로운 감성으로 정치적 상상력을 발휘하는데 힘썼습니다.

시는 사물과 대상을 새롭고 다르게 보며 상상하고 창의해 가는 능력이 있기 때문입니다.

정서적 통찰력과 인문적 통찰력을 키워가며 세상을 폭넓게 사유하는 어머니의 품성으로 얼싸안은 정치와 사회의 꽃이 되고 싶었던 출발이었습니다.

'홍관군원' 시에는 노래와 춤이 있고, 감흥과 기쁨이 있고, 성찰과 통찰이 있고, 느낌과 깨달음이 있고, 배움과 마음을 닦고, 사교하고 나누는 기도와 사랑이 있고, 옳고 그릇됨을 판단하고 비판하고 풍자하며 새로운 세계를 열어가는 길이 있다고 했습니다.

그러한 시를 두고 '사무사(思無邪)' 라 합니다.

시에는 아름다운 사랑만 있다는 말입니다.

하늘에는 별이요, 땅에는 꽃이요, '삶의 꽃은 인문학 시' 라고 했듯이, 인간의 본성인 감정 감성을 아름답게 하기 위해서 제 아호 '다산' 처럼, '시문학 인문학' 을 사계절 꽃처럼 피어나는 인간을 위한 아름다운 생명의 산을 이루며 살겠습니다.

차례

서문/ 시는 자연의 빛과 향기로 인생 희로애락을 노래한다 _ 정세균 · 8
시인의 말 · 10

제 1부 _ 바람의 시간

소녀가 된 약속 · 18 | 빛 · 19 | 이름 없는 꽃 이름 없는 새 · 20
인생만리 사랑영리 · 22 | 바람의 시간 · 23 | 사람의 마음 · 24
지나가는 비란다 · 25 | 사람아 하늘아 · 26 | 12월의 편지 · 27
12월의 독백 · 28 | 열두 달 짝사랑이었을까 · 29
세월 길 따라 노을이 핀다 · 30 | 사랑의 세월 · 31
우수 그리운 눈물을 흘립니다 · 32 | 꽃 피는 날 · 33 | 인생의 꿈 · 34
삼월의 사연 · 35 | 봄의 회춘 · 36

제 2부 _ 인생길 그 꽃

첫 사랑의 꽃 · 38 | 인생아 인생아 · 39 | 꽃 · 40 | 그대의 바다 · 41
그늘 · 42 | 이슬 꽃 당신 · 43 | 설레는 향기 · 44 | 그 꽃 1 · 45
꽃을 닮은 사랑 · 46 | 사랑의 숨바꼭질 · 47 | 바쁜 사람들 · 48
사랑 앞에 · 49 | 장미꽃보다 그대 · 50 | 거울 사랑 · 51
인생길 그 꽃 · 52 | 사랑에는 · 53 | 그대와 나 · 54

차례

제3부 _ 운명의 약속

쓰레기 속에 꽃이 핀다 · 56 | 꽃이 좋다 · 57 | 운명의 약속 · 58
시가 된 그녀 · 59 | 사랑의 그네를 탄다 · 60 | 사랑의 불꽃 · 61
바람을 잡은 사람 · 62 | 생각이 길이다 · 63 | 길을 나섰다 · 64
내가 꽃이라면 · 65 | 길을 깨운다 · 66 | 길은 꿈이다 · 67 | 절벽이다 · 68
희망 · 69 | 길 위에 눈 · 70 | 길 위에 들꽃 · 71 | 절망이냐 · 72
돈보다 강한 담쟁이 · 73 | 두 사이 · 74

제4부 _ 꽃이 천국이다

사랑의 꽃 · 76 | 삶의 발걸음 · 77 | 커피는 사랑의 춤이다 · 78 | 꽃의 생각 · 79
꽃이 천국이다 · 80 | 사랑은 꿈의 공간 · 81 | 고양이 같은 사람 · 82
바람보다 빠른 사람의 마음 · 83 | 언덕길 들꽃 한 송이 · 84
길을 두고 뫼로 가지 마라 · 85 | 등잔불이 어둡지 않다 · 86
길은 거짓이 없다 · 87 | 사랑의 점수는 세월이야 · 88 | 꽃을 보는 눈으로 · 89
여자를 어머니라 부르나 봅니다 · 90 | 사람 · 92 | 꽃이 된 밥알 · 93
무상한 들불 · 94

제5부 _ 사랑의 둘레

촛대바위 빛 · 96 | 들풀이 있어 꽃이 더 아름답다 · 97 | 꿈은 길을 만든다 · 98
봄이 오네요 꽃이 피네요 · 99 | 사랑의 둘레 · 100 | 사랑은 멈추지 않는다 · 101
나는 꽃이 아니기에 · 102 | 봄을 깨운 사랑 · 103 | 잡초의 소리를 들어라 · 104
혼자 갈래 함께 갈래 · 106 | 꽃은 당신이다 · 107 | 문풍지에 달그림자 비치거든 · 108
민들레 기도 · 109 | 늙지 않는 잡초처럼 · 110 | 들판에 잡초 · 111
봄산처럼 · 112 | 나의 봄속에 피는 꽃 · 113 | 꽃의 마음 · 114
꽃은 봄날에만 피지 않는다 · 115 | 길 잃은 세월 · 116

제6부 _ 늙지 않는 청춘

인생길 눈물 · 118 | 두물치기 사랑 · 119 | 행복의 선택 · 120
꽃아 말해다오 · 122 | 폭포와 바위 · 123 | 거울 · 124
그 꽃은 새롭게 필 것이다 · 125 | 파도의 영혼 · 126 | 섬 소녀 · 127
파도는 살아 있다 · 128 | 바람난 파도 · 129 | 꽃으로 피어나는 소리 · 130
늙지 않는 청춘 · 131 | 그 꽃 2 · 132 | 꽃과 사람 · 133 | 인생 너무 짧다 · 134
인생과 세월 · 135 | 마음의 길 하나 · 136 | 삶의 길이란 · 137 | 마음 · 138

차례

제 7 부 _ 순간의 꽃

순간의 꽃 · 140 | 사랑은 창조 · 141 | 여인과 거울 · 142 | 님의 생각 · 143
흙 같은 삶 · 144 | 나는 인간이다 · 145 | 어둠 속에 빛 · 146
아름다운 동행 · 147 | 열두 봄 · 148 | 파도의 사랑이면 · 149
장미보다 사랑 · 150 | 사랑의 파도 · 151 | 시인의 정원 · 152
닮은 꽃들 · 153 | 인생은 신비롭다 · 154 | 그 길이 꽃길이다 · 155
어머니 겨울 · 156 | 문 열면 길이 보인다 · 157 | 정치의 길에서 · 158

제 8 부 _ 지상 천국에서

장미의 반란 · 160 | 이름은 둘 길은 하나 · 161 | 닮은 세월은 행복하다 · 162
꽃이 예쁜 것은 · 163 | 꿈꿔 봐 · 164 | 새롭게 계절의 여왕을 불러본다 · 165
꽃의 증명 · 166 | 사랑의 그릇 · 167 | 꽃 마음 · 168 | 풀과 꽃의 생애 · 169
모란꽃은 · 170 | 오월의 사랑 · 171 | 빛이 사는 돌 · 172 | 우산 속 · 173
청개구리 술래잡이 · 174 | 지상 천국에서 · 175 | 꽃의 말 · 176
초록의 잔치 · 177 | 웃음의 진리 · 178

제 1 부

—

바람의 시간

소녀가 된 약속/ 빛/ 이름 없는 꽃 이름 없는 새
인생만리 사랑영리/ 바람의 시간/ 사람의 마음/ 지나가는 비란다
사람아 하늘아/ 12월의 편지/ 12월의 독백/ 열두 달 짝사랑이었을까
세월 길 따라 노을이 핀다/ 사랑의 세월/ 우수 그리운 눈물을 흘립니다
꽃 피는 날/ 인생의 꿈/ 삼월의 사연/ 봄의 회춘

소녀가 된 약속

첫 눈이 내리는 겨울 날
풀잎 같은 고독의 영혼 아파할까
걱정 하나 가슴에 담고
빨간 동백꽃처럼 내미는 열정
무언의 약속 세월이 펼쳐 놓은 감동
지리산 산자락마다 긴 손 내밀어
봄날처럼 살아 있는 소녀의 그 향기를 품고
산 넘어가던 구름도 꿈을 내리며
바위틈에 숨어 잠든 바람도 얼른 일어나
눈에 덮인 사랑의 숭고한 색깔 낙엽 사이로
소녀로 돌아온 설레는 약속
메아리 입을 모아 세상에 둘도 없는
자연의 님이라 노래 부른다

빛

빛
자연의 눈
만물을 깨우고
바위 흙 너머
꽃잎 물 사랑의 생명
모두가 거부하는
어둠 속에도
이 밤 발걸음
내 영혼까지도

이름 없는 꽃 이름 없는 새

철 따라 피는 꽃
햇살에 피는 꽃
밤에만 피는 꽃
그늘에만 피는 꽃
들녘에만 피는 꽃
온실에만 피는 꽃
이 꽃 저 꽃은
물결에 실려 바람에 날려
또 좋은 자리 찾아가지만
바위 틈에 옹상하게 뿌리 걸친 채
이슬방울 얼굴에 숨기고
눈감고 숨어 우는 꽃
겨우 내내
꽁꽁 얼어붙은 사랑으로
이름 없이 꿈꾸는 그 꽃은
또 내년에 필 씨앗이랍니다
그래서 봄이 생겨납니다
그런데 꽃이 피면
노래하는 새는 이름 있는 새랍니다
또 이름 없는 새는

나뭇가지에 올라
숲속을 노래하지 못하고
바위 틈에 숨어 운답니다
사방에 피지 못하고
천지에 날지 못하고

인생만리 사랑영리

농부가 돌밭을 탓하리요
우매한 소를 탓하리요
산지가 황무지를 탓하리요
쏟아지는 땡볕을 탓하리요
소나무가 비구름을 탓하리요
돌고 도는 사계절을 탓하리요

부모님이 자식을 탓하리요
역사가 조상을 탓하리요
길 잃은 길손인데 세월을 원망하랴
눈 없는 장님인데 세상을 한탄하랴
인생천리 비가 와도
인생만리 눈이 와도
사랑영리 무지개는 핀단다

바람의 시간

바람이 나무를 흔들며 갈 때
구름은 말없이 지켜보다 비를 흘리고 만다
사람과 사람 사이에도
바람의 시간 구름의 얼굴이 있다
님이 가는 길
가로수가 되어 마중하고 갈까
가로등이 되어 비출까
내 마음에 시간을 늘어놓고 천리고 만리고
해처럼 달처럼 따라가고 싶은
사랑의 발길은
님이 가는 시간을 품고 기도하는 나의 음성
님의 귓전에 메아리처럼 속삭일 것이니
님은 사랑을 두고 떠났기에
님의 그리움을 보듬고 있는 내가
어찌 님을 보내올까
그 바람 또 불어오면
그 구름 바람길에 영원한 시간을 그리며
꽃이 예뻐 봄이 오고
봄이 따뜻해 꽃이 피는 것처럼
또 그날이 온다

사람의 마음

세월아 세상아
너는 어찌
사람의 마음을 그렇게도 모르느냐
진실한 이름도 모르고
깨끗한 소원도 모르느냐
정의는 책속에서 소꿉장난만 하고 있느냐
배고파 우는 어린 자식
겨울밤은 긴데 어찌 할 거나
병든 우리 부모 어찌 할 거나
온몸으로 기침을 하는데
찬바람 입에 물고
눈비는 저렇게 오는데
어두운 밤하늘에 깜박이던 별 하나
구름만 지나가도 보이지 않으니
땅도 넓고 하늘은 높고
착한 주인
꿈꾸는 사람이 없구나
우리는 아직 여기 있는데
신부 없는 신방에 촛불만 가물거린다

지나가는 비란다

사랑아 울지 마라
우정아 울지 마라
사람의 눈물은 지나가는 비란다
인생만사 새옹지마
내년 봄에 다시 꽃이 핀단다
벌 나비 춤을 추고
산새 들새 노랫소리 들려오면
사람들이 살던 고향은
그곳에 있단다
갈 길을 묻지 말고
오던 길로 가던 길을 쭉 가면
귀인도 은인도 애인도
꿈속에 반가운 손님처럼 나타난단다
꿈에 그린 고향집이
우리를 기다린단다

사람아 하늘아

사람아 어떤 사람은 눈 가리고 아웅하고
또 어떤 사람은 눈 뜨고 아웅했다
눈 가린 자는 패배했고 눈 뜬 자는 승리했다
세상아 어떤 세상은 손바닥으로 하늘을 가렸고
또 어떤 사람은 나뭇잎으로 하늘을 가렸다
손바닥으로 가린 자는 인생에 지고
나뭇잎으로 가린 자는 세상에 이겼다
사람의 손보다 나무의 손이 더 컸구나
하늘은 사람보다 나뭇잎을 더 믿었을까
아니면 나뭇가지에 먹구름이 걸려 버렸을까

12월의 편지

누가 다녀갔을까
지리산 새벽길 하얀 눈밭에
우리 누이 얼굴 분가루처럼
곱게도 그려놓은 그림
부지런한 다람쥐일까
어젯밤 바람이 꿈을 꾼 흔적일까
짝사랑 설렘처럼
솔잎에 살며시 내려앉은 눈 사이로
새로운 하늘이 보인다
마지막 세월 두고 떠나가는
12월의 마음인가 보다
그래도 내 마음에는 산토끼가 뛰어논다

12월의 독백

남은 달력 한 장
문풍지 바람결에도
설레는 가슴 속에
말없이 읽어 가는 편지 끝 줄
까치를 기다리는 홍시의 그리움으로
영혼의 몸짓처럼 매달린
무심유심의 세월을 보며
무수한 사연으로 얼룩진 욕심
낙엽의 꿈속에 내려놓고
누구도 모르게 어둠 속에 잠들었던
참이 부끄러운 내 마음을 씻어낸다

열두 달 짝사랑이었을까

사랑의 종소리
천지간 바람처럼 일어나면
돌 틈 속에 어두운 그림자 품에도
별빛의 눈동자
세월 가는 길
차별 없이 비쳐주면 좋겠다

그렇지 않으면
금에다 비할 수 없는 옥 같은 님들
사랑이라 부르는 이 노래
죄인 된 입이 되어
꿈속에서나 님을 부를까
겨울 찬바람 가는 길이 더 차갑다

며칠 후면 세상 밖이 될 추억
사라질 세월의 운명
나를 가장 사랑했던
열두 달 인연 그리움 하나
저렇게 가는 그 여인의 쓸쓸한 그림자
나만의 짝사랑이었을까

세월 길 따라 노을이 핀다

잎새 한 잎 달지 않은 나뭇가지
세월 속에 털어 놓은 흔적마다
천상의 얼굴처럼 피어나는
순결의 눈꽃송이 그리움 하나
님이 찾아올 때까지 피어있으려나

초록빛 생명을 꿈꾸는 겨울 품에
꽃처럼 예쁜 그 여인의 숨결
가슴을 설레게 하는 희망의 북소리가 울리면
한 줄기 햇살의 온기는 벌써부터
봄날의 새색시 가마길 펼쳐놓고 색칠을 한다

겨울 찬바람으로 얼굴 씻은 달빛
다시 못 올 세월 나그네 가는 길
세상의 어두운 곳 맑게 비추며
마음 따라 흘러가는 샘을 파 놓고
한 해가 지는 걸음 앞에 세월 길 따라 노을이 핀다

사랑의 세월

사람을 사랑했던 세월
꽃향기로 세상의 꿈을 부르고
햇살 품은 푸른 이파리 열정 속에
단풍의 색깔로 아름다운 삶을 물들이고
눈 꽃송이로 무한한 상상의 꿈까지 피어준다

우수 그리운 눈물을 흘립니다

봄길을 찾아온 우수가 눈물을 흘립니다
겨우 내내 땅속에 꽁꽁 잠든 영혼
밤새도록 설레던 이슬방울 입에 물고
잔설에 파묻힌 여린 풀잎 순정에 젖으며
찬바람에 할퀸 나뭇잎에 옹알이합니다

어둠 속에서 길을 잃고 목메어 봄 이름을 불렀을까
세월 산천 오던 길가에 어느 님을 만나
생명의 꿈 꾸다 말고 돌아갔을까 궁금했는데
그렇게도 봄노래 입술에 달고 잘 참고 살아왔는가
장님 얼굴에서 가랑비 눈물을 흘립니다

철새들 뒤돌아보지 않고 제 집 찾아 떠나가더라도
산마다 들마다 신부화장 햇살이 모여 들고
절로절로 춤가락이 된 아지랑이 몸짓
종달새 하늘 높이 노래 부르면
나는야 산들바람 날개 달고 꽃잎을 만나러 갑니다

꽃 피는 날

산을 넘어 강을 건너 들을 지나
나를 찾아오는 봄
겨울 길에 만난 님의 눈길
옷자락에서 떨치려나
세월 그리움에 매달려 우는 바람결에
수줍은 마음 날려 보낸다

하나는 추억의 그림자 붙잡고 뒤를 돌아보고
또 하나는 꽃피는 날 나비처럼 꿈을 꾸고
찬바람은 쓸쓸한 언덕 위에서 말을 잃지만
눈을 감은 내 얼굴 미소는
벌써부터 꽃으로 핀다

인생의 꿈

인생이란
밤이슬이 내리지 않으면
어찌 어둠 속의 꽃잎이 아름답다 하겠는가

하늘에 별도 달도 해도
홀로 밝히고 반짝이는 능력 가졌다고
단 한 번이라도 자랑하던가
산천초목 나뭇가지 들풀 하나라도
저절로 제자리를 벗어난 것 봤는가

돌멩이도 흙이 품어주지 않으면 박힐 수 있겠는가
올해는 사랑이란 씨앗을 그대 마음에 봄처럼 심어
사람들 생각마다 사계절 꽃처럼 피워 내어
꽃의 웃는 얼굴로 이파리의 손길로 마주 잡고
바람의 입을 모아 노래하며 살면 어떨까

무엇을 얻을까 그렇게 남기려 하지 말게나
서럽게 우는 풀벌레 소리를 듣고
그 위에 왜 들꽃이 피어나는지
자연의 마음을 꽃으로 피게 할 수 있는
영혼의 사색을 부르는 양식으로 살아 보세
인생은 짧고 예술은 길다 했느니

삼월의 사연

세월 빛 물오른 나뭇가지에 앉아
봄 바람결에 깃털을 숨겨 두고
이제나 저제나 님 오시려나 가슴 조이며
구름에 눈 빛 달고 새 한 마리 마중 갑니다

고요한 자연의 이야기 흐르는 시간
추억도 꿈속에서 깨어나는 봄길에
물소리 그 소녀의 설렘처럼 옛날을 부르고
꽃잎 편지 기다리는 첫사랑 삼월입니다

봄의 회춘

앞 다투어 도착하는 은밀한 세월의 향기
꽃들은 설레는 고개를 내밀며
바람이 지나가는 사색의 손에
영원한 사랑을 그리는 봄날의 편지를 쓴다
달빛도 눈가에 이슬 맺힌 어둠 속에
푸른 하늘 은하수 예의 바르게 눈짓을 보내고
밤새도록 임 마중길 꿈에서 일어나
구름마다 햇살을 품고 산허리를 감는다
소담한 꽃 그림자 눈앞에 서성이며
아지랑이 손을 잡고 언덕바지 올라
나물 캐는 연분홍 치맛자락 무늬
그 시절로 회춘하는 그 소녀의 얼굴을 그린다

제2부
—
인생길 그 꽃

첫 사랑의 꽃/ 인생아 인생아/ 꽃
그대의 바다/ 그늘/ 이슬 꽃 당신/ 설레는 향기
그 꽃 · 1/ 꽃을 닮은 사랑/ 사랑의 숨바꼭질/ 바쁜 사람들
사랑 앞에/ 장미꽃보다 그대/ 거울 사랑/ 인생길 그 꽃
사랑에는/ 그대와 나

첫 사랑의 꽃

그 님과 인연이 되었던 자리
봄이 오기 전에는 그리움인 줄 몰랐다

내 마음 설레게 했던 순간에도
꽃이 피기 전에는 사랑인 줄 몰랐다

나는 어느새 꿈속에서 햇살처럼 눈을 뜨고
꽃잎을 선율하는 나비의 날갯짓이 되고 말았다

인생아 인생아

낮과 밤을 뒤척이는 삶
햇살은 나를 그냥 두지 않고
눈코 뜰새 없이 바쁘게 일만 시키고
고되게 잠든 나의 숨소리 누가 들어줄까
달빛은 잠든 나를 또 깨우며 엉뚱한 꿈을 꾸게 한다

해가 뜨는 곳도 달이 뜨는 곳에서도
나의 삶의 무게가 물에 빠져 바위처럼
왜 이다지도 기지개를 켤 수 없고
허리 한 번 펴서 사방을 굽어 살필 수 없는 신세
죽어서 어디서 얼마나 더 큰 상금을 타기 위한 것일까

내 마음 속에 꽃 같은 사랑도 만지지 못하고
죽을 둥 살 둥 오로지 먹이만을 찾아 헤매는
탐욕의 어두운 정글의 세상길에서
일에 포위당한 이 몸뚱이 자유를 어디에서 찾을까
세월은 저렇게 뒤도 보지 않고 쉽게쉽게 가고 있는데

꽃

꽃 꺾지 말고 눈으로만 봐도 아깝다
너는 누구를 위해 온종일 웃어 봤느냐
누가 너를 위해 저렇게 웃어주더냐

그대의 바다

푸른 하늘을 품고 있는 바다의 빛깔
내 마음에 그대로 물들여지는 건
그대의 그리움이 붓이 되어 색칠하고 있기 때문이야

그늘

꽃향기 그늘보다 예쁜 그늘이 어디 있는지
아무리 두 눈 크게 뜨고 둘러봐도
내 가슴에 살고 있는
님의 그리운 숨결보다 더 아름다운
그늘이 없었다

이슬 꽃 당신

아침 이슬방울에 묻힌 꽃
사랑하면 눈물에 젖는가요
그 눈물 햇살이 시샘하기 전에
한 방울 한 방울 가슴에 스며들고 있습니다
이슬 꽃처럼

설레는 향기

사랑의 향기
눈을 감으면 그리움이 만져지고
눈을 뜨면 설렘이 보입니다

꽃은 따뜻한 햇살을 받고 피어나지만
나의 사랑은 당신의 가슴 속에서
사계절 봄 이야기처럼 속삭입니다

그 꽃 · 1

하늘에는 별
땅에는 꽃
사람에게는 사랑
내 꽃은 내 가슴 속에
비가 와도 눈이 와도
젖지 않는
영혼의 그 꽃이랍니다

꽃을 닮은 사랑

향기로 이야기하며
저리 비켜서라는 자리다툼도 없이
인연이 다할 때까지 웃고 웃는 꽃을 바라봅니다

내가 당신 바로 옆에 피어나는
그런 꽃이었으면 좋겠습니다

아름다움만 있는 그들의 세계
사람이 모르는 희로애락이 있을지라도
그래도 좋습니다

누구를 탓하지 않는 꽃을 닮은 세상에서
우리의 삶이 행복해지길 원합니다

사랑의 숨바꼭질

눈 뜨면 눈 속에 꽃이 피어나고
눈 감고 숨바꼭질 술래가 되어도
사랑이 다 보여요
머리카락까지도요
이래도 저래도 앞뒤 옆모양이 다 보여요
밤낮으로 달처럼 해처럼요
그대만 생각하면
내 몸은 사랑의 요술을 부리나 봐요

바쁜 사람들

꽃 피는 초봄에도 바쁘고
꽃 지는 늦은 봄에도 바빴고
그렇게 꽃 피고 꽃 지는 날
계속 눈 감고 바쁜 꿈길에 있었느냐
아무리 바빠도 물을 마시든
커피 한 잔 마시든
하늘 한 번 보고 땅 한 번 쳐다봐라
그곳에 내가 보지 못한
길 잃은 세월이 너를 기다리고 있다

사랑 앞에

장미야 너 참 예뻤어
그동안 너보다 아름다운 건 못 봤으니까
그런데 이제는 아니야
마음이 변했거든
내가 그녀를 만나
내 눈이 달라졌어
장미야 미안한데
나도 어쩔 수 없었어
사랑 앞에

장미꽃보다 그대

나는 장미꽃에 빠졌다
모든 꽃들의 아름다운 비결은
딱 한 가지
웃는 표정이다
그런데 어느 날 생각이 달라졌다
말하는 꽃을 봤다
얼굴에 고운 색깔이 피어나는 꽃
표현하는 그대를 만나고 나서
한 가지 웃는 표정으로 나를 취하게 했던
그 꽃은 아름다움이 아니었다

거울 사랑

정말 걱정할 일이 생겼다
장미꽃보다 더 예쁜 당신에게
사랑의 향기를 느끼고 나서
내 마음 내 몸이 따로 놀고 있음을 알았다

그래도 천만다행이다 싶은 건
내 눈에는 당신의 얼굴이
꽃송이처럼 달려 있고
내 마음에는 당신의 그리움이
거울처럼 걸려 있다

마주보는 거울 속에서
날마다 설레는 마음으로
꿈인 듯 생시인 듯
나는 동화를 그리고 시를 쓴다

인생길 그 꽃

그대 인생길에
수없이 피어 있는 그 꽃
그 꽃이 부르는 소리도 들리지 않고
저 꽃의 손짓도 보이지 않고
왜 당신은 귀머거리 장님으로 사는가

매일 바쁘다는 핑계로
그대의 삶을 외면하고
봄날은 다 가는데
그대만 바쁘고 저 사람은 안 바쁜가
왜 마른 풀잎만 바람에 날리며 사는가

길 가다 돌멩이 걸리면
팔자타령이나 하고 말일세
그대가 사는 삶이 인생길이 아닐세
정신 차리게 저승길 눈앞에 있는데
뭘 그리 보물만 찾아 탐욕하는가

사랑에는

누구라도 할 수 있는 쉬운 말
'사랑'이다
아무라도 할 수 없는 어려운 말
'사랑'이다
거짓과 진실 사이에 사랑이 있다

그대와 나

섬과 섬 사이는 물이 흐르고
그대와 나 사이에는
사랑이 흐른다

제 3 부

—

운명의 약속

쓰레기 속에 꽃이 핀다/ 꽃이 좋다

운명의 약속/ 시가 된 그녀/ 사랑의 그네를 탄다

사랑의 불꽃/ 바람을 잡은 사람/ 생각이 길이다/ 길을 나섰다

내가 꽃이라면/ 길을 깨운다/ 길은 꿈이다/ 절벽이다

희망/ 길 위에 눈/ 길 위에 들꽃/ 절망이냐

돈보다 강한 담쟁이/ 두 사이

쓰레기 속에 꽃이 핀다

저 버려진 쓰레기
돈이 남긴 찌꺼기인가
너를 살게 했던 명물이었다
너 자신이라면 저렇게 쓰고 버리겠느냐
깨진 소주병처럼 처량한 너의 뒷모습이다

처절한 쓰레기 더미에서 발견하는 작은 역사들
그 곳에 남긴 슬픈 삶의 껍데기는 무엇일까
소비인가
낭비인가
범죄인가
피눈물인가
상상과 감성을 자극하는 희로애락의 흔적에
척척한 비가 내린다

꽃이 좋다

말 없이 피고 지는 꽃
이리 봐도 좋고 저리 봐도 좋다
꽃의 얼굴은 그대 예쁜 얼굴을 닮았고
말 없는 미소는 그대 마음을 닮아서
나는 어디를 가든 그대와 같이 있다

운명의 약속

너는 얼굴이 예쁘니 꽃이고
나는 마음이 푸르니 이파리야
나는 항상 너만 우러러 보고 있어
나 혼자 보겠다는 욕심 밖에 없어
어느 날 꽃잎이 바람 따라 떠날 때도
꼭 다시 돌아올 거란 진실을 믿고
그 자리를 지키고 있어
널 사랑했던 힘은
살아도 죽어도 운명의 약속이니까

시가 된 그녀

꽃의 얼굴은 누구라도 예쁘다고 증명해 줍니다
그런데 마음을 열어본 적이 없습니다
향기가 언어처럼 풍겨 오지만
속 시원히 알아들을 수가 없습니다
그냥 내 식대로 느낄 뿐입니다
너무 답답하고 속상합니다
그래서 꽃의 사랑은 화무십일홍이라고 하는가 봅니다
그러나 그녀는 사계절 따지지 않고
내 마음에 시처럼 느껴지는 향기가 되어
생각마다 꽃송이를 이루는
그리운 씨앗으로 머물러 있습니다

사랑의 그네를 탄다

나뭇가지에 두 팔이 매인 그네
사이좋게 내 팔을 잡아준다
우리 둘이 마주잡은 손처럼 느껴진 그넷줄
당신 생각이 바람이 되어
끌어주고 밀어주는 그네를 탄다
앞으로 오르면 행복한 웃음이 얼굴에 피고
뒤로 올라도 기분 좋은 웃음이 입에서 핀다

사랑의 불꽃

길가 가로등 불빛이 나도 꽃이라고
밤새도록 얼굴을 밝힌다
내가 가는 길목마다 자리 잡고 서서
사랑을 고백한다
어쩌지
말이 안 통하니
내 마음 속에 내 눈처럼 발처럼
한 몸이 되어 활활 타오르는
사랑의 불꽃이 있는 줄도 모르고

바람을 잡은 사람

보이지 않고 머물지도 않는 너
내 가슴 안에 살고 있는 너
네 몸은 어디 있느냐
어디선가 숨 쉬는 소리
저 바람 따라
길을 잃은 너
내 손 안에서 너를 잡는다

생각이 길이다

길은 눈도 없다
길은 내 생각대로 간다
길 위에서는 내가 발이다
꿈을 실은 희망의 노래
먹구름을 거두는 햇살이요
어둠을 밝히는 달이 된다

길을 나섰다

어디로 갈까
눈을 감고 눈을 뜨고 또 망설여도
길은 가도 가도 아무런 표정이 없다
고독한 평화냐
외로운 자유냐
너만이 가는 길 누가 만든 길이더냐
인생길도 너를 닮아 그러하지 않더냐

내가 꽃이라면

울타리마다 떼지어 피어올라
햇살의 사랑을 시샘 받는 장미꽃도 싫다
흰 구름도 돌아가는
달덩이 같은 목련꽃도 싫다
고독한 눈물이 호수처럼 고여 있는
나지막한 언덕에
남모르는 사연들을 다 품고
향기 없이 피어나는 들꽃이 되고 싶다
세월의 애환이 굳어버린 바위 품고
영혼마저 쓰러져 있는 고목 옆에
성도 이름도 없지만 진실하게 피어나는
그 꽃이 되고 싶다

길을 깨운다

길은 누워 있다
처음부터 잠들어 있다
그 꿈을 내가 대신 꾼다
한 번도 일어나지 않은 길을 깨운다
내 발걸음이 닿는 곳마다
바람도 깨우지 못한

길은 꿈이다

길은 문을 열어 놓고 있다
누구라도 차별을 두지 않는다
길 위에서 바람을 만나면 그 바람을 맞아라
길 위에서 비가 오면 그 비를 맞아라
비에 젖고 바람을 헤치고 나면 더 강해지는 길이다
발걸음 피하고 멈추면 상처가 된다
꿈꾸는 자의 길 위에 작은 시련일 뿐이다

절벽이다

마음이 푸르면 넘어갈 수 있다
흙 한 줌 없는 옹벽도
손에 손잡고 담쟁이처럼

희망

사방이 어둠으로 둘러싸였다
희망도 눈을 감고 있을 때
꿈을 꾼다
달처럼 어느새 세상에 떠올랐다

길 위에 눈

길 누구도 걸을 수 있다
다만 성공하는 길
실패하는 길이 있을 뿐이다
눈에 보이는 길을 따라가면 길만 보인다
눈에 안 보여 길을 내면 새 길이 열린다
성공과 실패는 너의 몫이다

길 위에 들꽃

길 위에 들꽃을 봐라
들꽃은 길 따라 가지 않는다
누가 들꽃을 외롭다 했는가
바람도 길을 비켜가는
들꽃의 자유의 영혼
주어진 자리에서 사랑을 만든다

절망이냐

절망이다 할 때
꽃처럼 조용히
마음을 아름답게 펴 봐라
그리고 꽃씨 하나 심어 봐라
벽을 넘어가는 넝쿨이 된다
너의 부드러운 손길이다

돈보다 강한 담쟁이

저 생명 없는 콘크리트 괴물 벽
돈돈 하는 딱딱한 세상의 얼굴이다
바람도 뚫지 못하고 무릎을 꿇는다
그래도 사랑이 돈보다 강한가 보다
저 담쟁이 돈의 괴벽을 정복하는 비결을 공개하고 있다
승리를 부르는 담쟁이 손가락 꽃보다 아름답다

두 사이

들꽃이 잘 났다고 뽐내더냐
들풀이 못 났다고 기죽더냐
남의 자리 넘보지 않고
평생 주어진 자리에서
운명의 자리 사랑으로 모듬고
사이 좋게 들판을 이룬다

제4부

꽃이 천국이다

사랑의 꽃/ 삶의 발걸음

커피는 사랑의 춤이다/ 꽃의 생각

꽃이 천국이다/ 사랑은 꿈의 공간/ 고양이 같은 사람

바람보다 빠른 사람의 마음/ 언덕길 들꽃 한 송이/ 길을 두고 뫼로 가지 마라

등잔불이 어둡지 않다/ 길은 거짓이 없다/ 사랑의 점수는 세월이야

꽃을 보는 눈으로/ 여자를 어머니라 부르나 봅니다

사람/ 꽃이 된 밥알/ 무상한 들불

사랑의 꽃

내 마음 속에는
물도 없고
흙도 없고
햇살도 없는데
참 신기하게도
자연보다 더 좋은
환경이 있나 보다

계절을 초월해서 피어나는
꽃이 살고 있다
그게 꽃들마다 부러워하는
영원한 그대 사랑이다

삶의 발걸음

아침부터 발걸음이
아스팔트 위에
요란한 악기 소리를 낸다
아름다운 소리일까
공해로운 소리일까
버스마다 지하철마다
시루통의 콩나물 대가리처럼
사람의 고개만 보인다

햇살도 길을 잃은
빼곡한 빌딩 숲속으로 들어간다
그곳이 생과 사의 경계를 이루는
정글의 법칙만이 통하는 삶들의 전쟁터이다
사람들은 그렇게 용감한가
총알이 빗발치는 전쟁터에서 행복을 꿈꾸니 말이다
냇물이 되고 강물이 되고 바다로 흘러
생명의 꿈으로

커피는 사랑의 춤이다

커피는 사랑의 춤이다
나는 쓴 커피가 싫었다
그런데 언제부터인가
커피잔 앞에 내가 먼저 앉아 있다
그렇게 나는 당신을 닮아 갔다
이제 커피가 달콤하다
커피색 같은 신비로운 당신의 사랑
환상의 꽃처럼 피어나는 당신의 향기
우리 사이에 보일 듯 말 듯
눈을 감아도 보이는 무언의 춤가락
우리 사랑의 몸짓이다

꽃의 생각

나는 꽃이다
내 얼굴 표정은 색깔로 물들인다
그 깊은 속을 사람들은 모른다
마냥 예쁘다고만 한다
왜 저 빨간 장미로 태어났는지
왜 이 하얀 국화로 태어났는지
꽃 꽃마다 색깔이 다른지
아무도 관심을 갖지 않는다
자기들의 감정으로 즐기기만 한다
시인들처럼 감성으로 다가오지 않는다
너무 이기적이다
꽃들도 사랑을 갖고 산다
그리움도 있다
너와 나 똑같은 생명이지 않는가

꽃이 천국이다

나는 자연에 사는 꽃이다
사방 간에 나보다 잘 나고 예쁜 꽃도 많지만
단 한 번도 시샘하며 싸우지 않는다

자연이 물들여 준 색깔 그대로
비에 젖고 눈에 덮여도 변하지 않고
피어나서 질 때까지 똑같은 모습이다

아름다운 사랑으로 태어나서
잠시 꽃 나답게 고운 존재로 살다가
어느 날 바람의 날개로 날아갈 것이다

사람들은 내가 세상에 온 까닭을
눈을 뜨고 그렇게 바라보면서도
나를 만나는 순간 천국인 줄 아무도 모른다

사랑은 꿈의 공간

사랑은 하트선 속에 갇힌 감옥이 아니다
사랑은 둘레선이 없는 꿈의 공간이다
당신을 향한 그 많은 그리움이
밤낮으로 안개처럼 구름처럼 밀려갔는데도
어디 쌓인 흔적조차 보이지 않는다
당신이 날 사랑했던 시작점만 보인다
알 깬 병아리 눈처럼

고양이 같은 사람

아무도 없는 골목길 모퉁이
두리번거리며
재빠른 걸음으로 도망가는 꼴
도둑 고양이를 닮았다
담벼락 무너지듯
고래고래 고함을 친다
"이보시오!"
이웃집에서 쓰레기를 버린 것이다
어제 자신이 그 집 앞에 버린 쓰레기다
그 사람 금세 장님 눈이 된다

바람보다 빠른 사람의 마음

하늘에는 구름이 떼지어 살고
땅에는 사람이 떼지어 산다
고요히 흘려가는 구름
한 번쯤은 말할 법도 한데
간혹 빗줄기 감정을 식혀 줄 뿐
아우성치는 세상살이
아름다운 삶의 노래일까
저렇게 한가로운 춤가락만 늘어놓는데
사람의 마음은 바람보다 빠르다

언덕길 들꽃 한 송이

풀벌레가 노래하는 작은 언덕길에 앉아
푸르게 구부러진 길을 바라보며
나를 찾아온 산들바람 가슴에 품는다

그대의 그리운 숨결을 놓칠세라
그날의 세월이 떨치고 간 자리
순정의 여백을 마음에 펼쳐놓았다

추억의 이야기 아지랑이처럼 피어나는데
햇살 한 모금 눈에 머금고
착한 들꽃 한 송이 꿈이 깨어난다

길을 두고 뫼로 가지 마라

오늘 가는 길은 꿈이다
눈을 뜨면 꿈이 깨진다
그 길로 바로 가라
생각에 거울을 달아 봐라
마음에 길이 보인다
지혜로운 자 길은 손닿는 데 있고
어리석은 자의 길은
뛰어도 발이 닿지 않는 데 있다
꿈 없이 가는 길은
길을 두고 뫼로 가는 길이다
개미도 길 위에 서면
길을 두고 돌아가지 않는다

등잔불이 어둡지 않다

길은 모두가 아름다운 꽃이 되고
뜨거운 불이 된다
길은 너를 위한 희망의 에너지다
눈을 감고 상상을 하면 더 큰 길이 보인다

어둠 속에 반짝이는 별이 어떻게 뜨는지
석양노을이 왜 붉게 물들어 가는지
너 안에서 더 잘 보일 것이다
눈을 뜨면 길이 짧게 보인다
그리고 막다른 길에서 욕심만 생긴다

달과 해도 사람을 위해서 뜨고 진다
너 안의 등잔불이 어둡지 않다
그 아래 삶의 길이 있다

길은 거짓이 없다

길은 누구와도 약속을 하지 않는다
길은 듣기만 할 뿐 대답도 하지 않는다
오직 너의 선택만 기다릴 뿐이다
꿈은 밑천 없이 펼칠 수 있다
다만 뛰어가든 달려가든 걸어가든
길은 믿고 가는 진실한 의지에 달려 있다

사랑의 점수는 세월이야

사랑하는 감정에 점수를 준다면
누구든지 백점 만점을 줄 거야
나는 곰곰이 생각했어
최고의 점수는 백점 만점인가

아무리 생각해도
사랑에는 점수가 없는 것 같았어
백점 만점은
많은 사람들이 이미 받았던 점수거든

사랑은 꿈의 세월이야
어떻게 점수를 줄 수가 있겠어
날마다 가득가득 쌓여져 가는 세월을

그래서 사랑은 꿈의 세월이 맞는 것 같아
어느 신도 점수를 줄 수가 없을 거야
세월에 점수를 줄 수 없듯이

꽃을 보는 눈으로

그렇게 힘들게 고민하지 마세요
행복은 바람을 찾아나서는 것과 같아요

그 바람은 어딘들 있잖아요
집에도 골목에도 산에도 들에도 말이에요

바람에 흔들려도 웃고
비에 젖어도 웃는
저 꽃을 보세요
그 진한 색깔마다 아픈 사연이 있겠지만

피고 질 때까지 웃잖아요
그게 가장 아름다운 행복이에요

밑천도 힘도 들지 않으니
지금 당장이라도 실천할 수 있어요

여자를 어머니라 부르나 봅니다

당신이 나에게 준 선물
당신을 만나 살아온 세월 속에
행복이란 사랑이란 아름다움이란 글자들
당신이 내게 느끼게 했던 세상보다 큰 이름입니다
사계절 피었던 꽃들의 숫자보다 더 많고 아름다웠어요

엊그제 어둠 속 걸음마다 시를 쓰면서
달 따라 해 따라 지나온 세월을 뒤돌아보니
우리가 행복을 먹고 살았던 시간들마다
밤하늘에 별처럼 반짝반짝 웃고 있었어요
그 별들의 웃음의 끝이 눈에는 보이지 않았어요

그래서 마음 속을 들여다봤어요
행복더미가 셀 수도 없는 산봉우리를 이루고 있었어요
어느 산봉우리는 그 꼭대기가 너무 높아
구름 위에 솟아올라 하늘에 닿을 것 같았어요
우리에겐 세상보다 더 큰 행복의 다른 세계가 있었어요

당신은 구름을 품고 이슬을 만들고
바람을 품고 메아리를 만들며

자연의 옷을 갈아입히는 산 같은 몸짓으로
사랑의 생명을 가정에 살게 하는 어머니였어요
그래서 여자를 어머니라고 부르나 봅니다

사람

사람들의 탐욕을 보면
갯바위에 부서지고 마는 파도와 같아
서글퍼 눈물이 난다
삶은 언제나 고요한데
사람들의 탐욕은
그렇게 파도처럼 밀려온다
참으로 어리석고 미련한 파도를 친다
그 파도 물결 산위에 오를 수도 없는데

꽃이 된 밥알

날마다 밥이 된 쌀
사람의 생명을 위한 약속
뜨거운 가슴으로 서로를 품고
온몸을 태우는 불길을
마지막 한 방울 눈물까지 흘리고
삶의 새 꿈으로 탄생된 너
내 몸 속에서 피와 살과 뼈로
하얀 사랑의 꽃으로 피워 낸다
어머니와 내가 한 몸이었던 것처럼

무상한 들불

인생 욕심은 들불 같은 것
한 순간에 일어나서 바람 따라 타고
또 바람 따라 사라지는 들불 같은 것
뒤돌아보아도 잿더미도 없는
부질없는 인생
푸른 빛 하나 없는 시커먼 언덕에서
너의 울음소리 메마른 바람소리에
인생무상이 들리지 않느냐

제5부
—
사랑의 둘레

촛대바위 빛/ 들풀이 있어 꽃이 더 아름답다
꿈은 길을 만든다/ 봄이 오네요 꽃이 피네요/ 사랑의 둘레
사랑은 멈추지 않는다/ 나는 꽃이 아니기에/ 봄을 깨운 사랑/ 잡초의 소리를 들어라
혼자 갈래 함께 갈래/ 꽃은 당신이다/ 문풍지에 달그림자 비치거든/ 민들레 기도
늙지 않는 잡초처럼/ 들판에 잡초/ 봄산처럼/ 나의 봄속에 피는 꽃
꽃의 마음/ 꽃은 봄날에만 피지 않는다/ 길 잃은 세월

촛대바위 빛

바람은 돌려 보내고
바닷물을 품은 촛대바위
누굴 위해 불 밝히나
보물처럼 숨겨 놓은 눈빛
내 맘에 사랑의 꽃
그 불씨 하나 붙인다

들풀이 있어 꽃이 더 아름답다

저 홀로 아름다운 인생 누가 있으랴
나 홀로 잘 났다 뽐내지 마라
들꽃도 들풀이 옆에 있으니
그렇게 아름답지 않더냐

들풀 같은 사람이라 업신여기지 마라
알고 보면 들풀도 너를 위해 피어난 것이다
나 홀로 행복스러운 사람 누가 있으랴
나 홀로 예쁘다 자랑하지 마라

별빛도 어둠이 있으니 반짝이지 않더냐
그러니 어둠에 사는 사람이라 무시하지 마라
꽃도 햇살이 품어 줄 때 피어나고
돌멩이도 흙이 안아 줄 때 자리를 잡는다

꿈은 길을 만든다

구부러진 길에서 평평한 길을 만들고
길은 고갯길에서 내리막길을 만든다
사람의 꿈이 있는 한 길은 끊기지 않는다
봄꽃 향기 따라 길을 가다 보면
그 길은 인연의 꽃을 만나
스스로 씨앗이 되어 사랑을 피워내지 않더냐
봄 여름 가을 겨울
그 이름 영원한 사계절 몸짓으로

봄이 오네요 꽃이 피네요

봄이 오네요
나를 보고 봄이 오네요
그대 얼굴에도
꽃이 피기 전
봄산의 그리움처럼
산천에도 마음에도
연애편지처럼 봄이 왔네요
꽃 피는 봄날의 가슴처럼
님의 사랑이 왔네요

사랑의 둘레

그대 얼굴
자주 보면 꽃보다 아름답다
그대 마음
마주보면 커피향보다 진하다
날마다 꿈이 된 그대
사랑의 둘레가 안 보인다
그대 향한 그리움
저 넓은 하늘에 구름 한 조각 떠 있구나

사랑은 멈추지 않는다

꽃과 꽃들 사이로
향기로운 봄길을 걸어왔다
나무와 나무 사이로
싱그러운 숲속 길을 걸어왔다
단풍이 타오르는 불길 사이로
뜨거운 길을 걸어왔다
눈송이 한 몸으로 누워 있는
고요한 꿈의 길을 걸어왔다
그대와 나 사이 인연의 길을 걸어왔다
세월은 가고 인생도 가고
사랑과 사랑 사이의 길은 멈추지 않는다

나는 꽃이 아니기에

예쁜 얼굴도 없고
나는 꽃이 아니기에
고운 향기도 없고
나는 꽃이 아니기에
한 번도 웃어보지 못했고
사람들의 눈길도 받지 못했지만
그래도 나는 꽃에게 없는
푸른 마음을 가지고
욕심도 없는 빈손으로
순하고 착하게
순리 따라 살았답니다
바람이 불어도 쓰러지지 않고
숙명으로 비를 품고
운명으로 눈을 덮었답니다
그래도 꼭 한 번만이라도
꽃으로 피어나고 싶은 꿈
죽어도 죽지 않는 영혼
들판지기 잡초랍니다
소원 들어 줄 길 어디 없을까요

봄을 깨운 사랑

나의 눈은
꽃이 피니 봄인 줄 알았습니다
아지랑이가 피어 날 때 봄인 줄 알았습니다
나는 그때서야 새소리도 들을 수 있었습니다
이제는 나비가 왜 소리 없이 꽃을 찾는지 알았습니다
봄은 정말 아름다운 마음입니다
깊게 잠든 나의 감성을 끝내 설레게 했습니다
내 마음 안에 웃고 있는 예쁜 꽃이 보입니다
그대의 얼굴이었습니다
나는 세월 따라 영원한 사랑을 하는
꽃피는 봄날이 되기로 했습니다
봄을 깨운 사랑의 상상이 되기로 했습니다

잡초의 소리를 들어라

한 가지 무늬로 푸른 물결을 이루며
숨 쉬는 저 들판을 보라
예쁘다고 잘난 척하는 장미꽃이
저렇게 바람결 따라
얼굴을 맞대고
싱그러운 노래를 부르더냐
곱다고 뽐내는 백합꽃이
저렇게 햇살 따라
손에 손잡고 우아하게 춤을 추더냐
그 흔한 이름 하나 없이
크나 작으나 그냥 잡초로 불리지만
내 자리는 누구도 넘볼 수 없는
이 너른 들판의 자발적 주인이다
비바람 불고 눈보라쳐도 영원히
나의 기운은 흙속에서 꿈을 꾸고
온 산천을 푸르게
푸르게 살게 하는 향기다
천둥번개 내리쳐도 꼼짝 안 한다
나를 이길 자 누가 있고
나보다 끈질긴 생명 어디 있더냐

정치 권세 잘난 꽃 같은 사람아
나는 아름다운 못난 잡초 같은 사람이다
너 귀 달린 사람이면 들어라
삶을 위한 아우성 잡초의 소리를 들어라
온 세상 천지 잡초의 푸름의 소리를

혼자 갈래 함께 갈래

사람들의 발걸음 너무 빠르다
앞만 보고 달려가고 뛰어간다
인생길 빨리 가려면
앞만 보고 혼자 가라
인생길 오래 가려면
굽은 길 여럿이 돌아가라
산의 나무처럼 사계절 서려면
함께 손을 잡고 어울려라
들판의 꽃처럼 한철 피려거든
혼자 외롭게 가라

꽃은 당신이다

내가 꽃을 바라본 것은 예뻐서가 아니라
꽃들이 너무 당신의 얼굴을 닮았기 때문이다
내가 꽃내음을 맡는 것은 향기로워서가 아니라
당신의 숨결이 꽃들에게 스며온 것 같아서다

그리운 당신은 어디를 가나
꽃들이 작품처럼 걸려 있으니
나비가 왜 춤을 추고
벌이 왜 노래하는지 알겠다
나는 날마다 행복의 꿈속에서 산다

문풍지에 달그림자 비치거든

님의 그리움을 찾아갔다
빈 가슴 속에 맴돌다
하얀 문풍지를 소망처럼 붙여 놓고 왔다
문풍지에 달그림자 비치거든
그 날을 그리는 나의 흔적일 줄 알고
문 한 번 열어봐라
바람소리 꽃잎을 흔들 것이다

민들레 기도

내가 태어날 자리
흙바닥이고 돌바닥이고
양지 쪽이든 그늘 쪽이든
사랑이 부르는 쪽으로
그리움이 찾는 쪽으로
세월이 가든 말든
바람 한 줌 손에 쥐고
하늘 아래
흰 구름을 바라볼 수 있는 자리라면
고독한 기도
조용한 영혼의 향기가 불러주는
반가운 손님 마중 발걸음으로
이 넓은 나의 눈길 따라
누구든 차별 없는 인연으로
그대의 옷자락에도 피어나는
민들레 꽃이랍니다

늙지 않는 잡초처럼

이런들 어떠리 저런들 어떠리
날 찾아오는 발길 없고
날 불러주는 손길 없어도
꽃이 아니어도 좋다
햇살도 들지 않는 쓸쓸한 언덕에
바람에 몸을 맡긴 이름 모를 잡초지만
어쩌다 지나가는 사람들에게
풍길 향기도 없어 미안하고
예쁜 얼굴을 가진 꽃이 아니어서
부끄러울 때도 있지만
그래도 꽃에게 없는
늘 푸른 몸과 마음으로
자연의 청춘을 노래하는
늙지 않는
만년 시절을 꿈꾸며 사는 잡초

들판에 잡초

눈을 뜨고 걸을 때는
길이었다

눈을 감고 돌아보니
풀밭이었다

저 너른 들판의 주인
잡초

봄산처럼

꿈꾸는 봄산처럼 설렌다
꽃피는 봄산처럼 향기롭다
가까이서 보면 사랑이고
멀리서 보면 그리움이다
내 안에 가득한 그대 생각

나의 봄속에 피는 꽃

구름이 내려와
너에게 이름을 그려 줄 때
너는 나의 사랑이 되고
바람이 다가와
너의 향기를 불러 줄 때
너는 나의 연인이 된다
그렇게 나의 봄속에서
너는 한 송이 꽃으로 핀다

꽃의 마음

꽃은 필 때도 웃고 질 때도 웃는다
웃음이 아름다움이 된 꽃이다
나는 꽃의 언어를 알고 싶어
마음에 꽃씨를 심었다
그대 사랑의 소리가 들렸다

꽃은 봄날에만 피지 않는다

사랑만 있으면
너는 어느 자리든
다시 필 수 있는 꽃이다

꿈만 있으면
너는 오늘 피지 않아도
계절을 넘어 피는 날이 봄날이다

잊지 마라
시간은 너의 심장처럼 뛰고 있다

길 잃은 세월

세월이 왜 꽃을 찾아오는지
내 가슴 나비 날개처럼 날아
소리 없이 설레어 보니
바람에 풍기는 향기처럼 알겠다

꽃이 왜 사랑인지
가슴이 두근거려 보니
하얀 꿈이 그려지는지
뜨거운 숨결처럼 알겠다

봄 생각 가득 담은
나물 캐는 바구니를 기웃거리며
논두렁 무대 삼은 아지랑이
고요히 춤추는 몸짓으로 잘도 놀고 있다

고향 산천 매화꽃 웃는 얼굴
천지간에 분가루 날리며
햇살 머금은 산수유 꽃 머리 위에
하늘 가는 구름마다 길을 잃은 봄이

제6부

늪지 않는 청춘

인생길 눈물/ 두물치기 사랑

행복의 선택/ 꽃아 말해다오/ 폭포와 바위

거울/ 그 꽃은 새롭게 필 것이다/ 파도의 영혼/ 섬 소녀/ 파도는 살아 있다

바람난 파도/ 꽃으로 피어나는 소리/ 늪지 않는 청춘/ 그 꽃 · 2

꽃과 사람/ 인생 너무 짧다/ 인생과 세월

마음의 길 하나/ 삶의 길이란/ 마음

인생길 눈물

사람의 길은 두 길 밖에 없다
세상에 오는 길 세상을 떠나는 길
하나 더 있다면
직장에 가는 길
집에 오는 길
인생은 왕복 차표 한 장 손에 쥔
생사의 둘레를 벗어날 수가 없다
올 때는 소나기처럼 소리 내어 울고 와서
갈 때는 이슬처럼 눈물짓고 떠나는 인생길
마지막 인생 정거장에 모인 사람들
눈물 한 방울만도 못한 인생 욕심
뉘우치고 후회해도 소용없는 일
천둥번개처럼 비가 되어 내린다

두물치기 사랑

두물치기 우리 사랑
산을 넘고 들을 지나
눈도 맞고 비에 젖고
해도 안고 달도 품고
별들도 빠져 버린
사랑의 호수를 만들었다
세월도 눈 감은 시간
얼마나 꿈을 꾸었을까
사랑의 잠에서 깨어난 우리는
그 꿈 이야기 전하려 마음을 열고
그 사랑을 나누려 길을 나선다

행복의 선택

높은 하늘과 넓은 땅 중에
뜨거운 해와 밝은 달 중에
반짝이는 별과 부드러운 구름 중에 어느 것

시원한 바람과 맑은 물 중에
꽃과 나무 중에
감미로운 음악과 신비로운 그림 중에

잘 익은 과일과 싱싱한 채소 중에
예쁜 말과 아름다운 글 중에
어느 것이 더 큰 행복을 가져다줄까

한둘 빼놓고는 아마 고를 사람 없을 거예요
이것을 다 준다고 해도
돈을 안 준다고 하면 필요 없을 테니까

그런데 조금씩 달라지고 있어요
우리 속에 내가 아닌
나 속에 그대의 우리가 있는

인간을 위한 세상으로
그게 원천의 흙속에 물처럼
원래 인문의 물결이래요

여러분도 이 무늬로
마음에 배 하나 띄우세요
놓치면 또 한 세상 뒤처져 살게 돼요

꽃아 말해다오

꽃아 너는 어디서 누구랑 살다 왔느냐
너희 부모는 누구길래
그렇게 천성이 아름다운 색깔로
이렇게 예쁜 얼굴로 나서
곱고 맑은 향기로 부르더니
세상 눈길도 반해 버린 꽃아
사람들처럼 그 흔한 잘난 척 예쁜 척 한 번 하지 않고
저렇게 웃으며 피었다가 웃으며 지느냐
꽃아 너의 마음은 어디에 있느냐
꽃아 너의 말은 어디에 있느냐
큰 꽃 작은 꽃 모두모두 사랑 색깔뿐이니

폭포와 바위

둘이 하나 된 몸
하나는 바위
하나는 물
그 사랑 폭포
얼마나 좋으면
하얀 눈물을 구슬처럼 내릴까
숙명의 순수한 소리
맑은 손길로 어루만지며
물줄기마다 새로운 사랑을
방울방울 읊어댄다
낮과 밤을 가리지 않는
영원한 연인으로
살아 숨쉬는 몸짓이라고
세월로 쉬게 하는 자연의 노래
생명의 물줄기가 되어
만민의 가슴을 적신다

거울

날마다 내 얼굴을 비춰주는
벽에 걸린 거울을 보며 생각했어
내 마음 속에
님의 얼굴을 마음대로 볼 수 있는
거울을 달아 놓겠다고

그 꽃은 새롭게 필 것이다

일찍 피는 꽃은 세월을 보내지만
늦게 피는 꽃은 세월을 품는다
그대는 그 날에
다시 새롭게 피어나는 씨앗이 있다
꼭 잊지 마라
그대의 꿈이
다시 꽃 필 수 있는
계절이 따로 올 것이다
지금은
꽃피기 전 봄산의 가슴이다

파도의 영혼

파도를 그리는 나
너의 영혼 소리 더 가까이서
나 혼자 빨리 듣고 싶어
점점 마중 나가다 보니
이젠 섬이 되었어
그리고 네가 한눈 팔고
다른 길로 샐까 봐
달빛 따서
사랑의 불을 밝히고 있어

섬 소녀

바다 위에 떠 있는
진정한 배는 섬이냐
오매불망 사랑의 꿈을 꾸며
꽃구름의 얼굴로 물새가 된 노래
반달 닮은 소망을
하얀 조각배처럼 띄워놓고
파도와 술래잡고 노니는
그 섬 안의 소녀로 살고 싶다

파도는 살아 있다

고요하고 순한 바다의 선을 넘어
휘청거리며 달려 온 파도
한 순간 무너지는 경계에 맞서
부서지고 깨져도
또 어느새
포말이 된 물거품
끝내 포기하지 않고
태고의 생명력을 보여준 진실
꿈을 그려 준 아름다운 상상
살아 있는 파도 너에게
나는 생명의 영원성을 배운다

바람난 파도

바다에 비가 내린다
금세 태풍이 된다
파도의 온몸이 뒤틀린다
사랑의 꽃이 피어나는 걸까
그리움이 터져 버린 걸까
고요한 바다가
비바람 순정에 흥분을 감추지 못하고
자유를 넘어 영혼을 넘은 바람이 났다
파도의 사랑과 사람의 사랑 뭐가 다를까
흥이 될 수 있고 없고의 차이일까
사랑은 누구나 부르는 생명의 노래인데

꽃으로 피어나는 소리

저 태고의 소리
폭포의 입에서 한 가마씩
수많은 이야기 풀어놓은
착하고 순하디 순한 물방울
생명의 꿈이 피어나는 살점마다
하늘을 떠돌던 은하수
세상 그리워 낙화하는 사랑 설렘
어느 여인의 가슴에 꽃으로 심어 놓을까

구슬을 가슴에 담고 쏟아내는
저 하얀 웃음 보자기
사랑이 얼마나 깊으면
온몸이 터져 나가도록
누가 저렇게 웃을 수 있을까
깨어나고 싶은 큰 바위 작은 바위
그대로 앉은 자리 묵상의 기도
영혼 찾는 사랑의 꿈을 꾼다

늙지 않는 청춘

폭포 너의 진실을
하늘도 알고 땅도 아는데
욕심 많은 사람만 모른다
산이 마음을 비우고
흘려보내는 이슬방울
굽이굽이 물길을 만들어
수직으로 아래로 밑으로
내려가는 깨끗한 몸짓
탐욕에 물든 세상길에
희망 메아리 울리며
땅위에 수평선 길을 내며
끝없이 모으고 나누며 들려주는 이야기
고을고을마다 착한 사람 가슴에
늙지 않는 청춘을 남기고 가느냐

그 꽃 · 2

이번에도 핀 꽃
다음에도 새롭게 필
그 꽃
비에 젖고 바람에 흔들려도
사계절 붉게 핀 얼굴
늘 웃었다
너의 꿈은 꽃처럼
다시 필 계절이 온다

꽃과 사람

꽃은 저 홀로 아름답지만
사람은 나 홀로 아름답지 않다

인생 너무 짧다

개미처럼 일만 하기엔 인생이 너무 짧다
때론 베짱이처럼 노래하는 삶을 즐겨봐라
사계절이 있는 이유다
자연의 무늬를 닮은 삶을 살아라
인생은 한 자리에 뿌리 내린 나무의 생도 아니고
꽃처럼 피고 지지도 않는다
딱 한 번의 기회다

인생과 세월

일찍 핀 꽃은 세월을 부르지만
늦게 핀 꽃은 세월을 보낸다
아름다움은 순서대로 피는 것이 아니다

마음의 길 하나

욕심으로 가득 찬 마음 속에
돈 버는 길 아니면
공원 같은 길 하나 둘 수 없다

눈 씻고 찾아봐도
바쁜 발만 뛰어갈 뿐
바람 한 점 들어설 틈이 없다

아무리 아름다운 가치라도
돈이 안 되는 것은
듣도 보지도 안 한다

구름도 산자락에 쉬어가고
물결도 호수에 쉬어가는데
어찌하여 인생이 저리 빨리 어디를 가는지

삶의 길이란

비바람 분다고 피하지 않는 들풀처럼
천둥번개 쳐도 놀라지 않는 들꽃처럼
푸른 들풀의 생명춤
아름다운 들꽃 향기의 노래
사람들아 들풀을 보아라
비가 온다고 피하고
바람 분다고 어디 몸을 한 번 감추더냐
비바람에 맡기는 운명
저렇게 푸른 생명을 이룬다
사람들아 들꽃을 보아라
천둥번개 친다고 어디 한 번 눈 깜짝이라도 하더냐
천둥번개 소리도 숙명의 선율로 알아
아름다움을 이룬다
산다는 것은 들풀의 생명이 되고
들꽃의 향기가 되는 것이다

마음

마음을 보이지 않으면
그 속을 누가 알겠는가
바람도 귀신도 모른다
꽃잎이 아무리 예쁘다고 해도
저렇게 말없이 웃고만 있으니
그 속을 어찌 알겠는가
기쁨도 슬픔도 말로 표현하게
말로

제 7 부

순간의 꽃

순간의 꽃/ 사랑은 창조/ 여인과 거울
님의 생각/ 흙 같은 삶/ 나는 인간이다/ 어둠 속에 빛
아름다운 동행/ 열두 봄/ 파도의 사랑이면/ 장미보다 사랑
사랑의 파도/ 시인의 정원/ 닮은 꽃들/ 인생은 신비롭다
그 길이 꽃길이다/ 어머니 겨울/ 문 열면 길이 보인다
정치의 길에서

순간의 꽃

길을 걷다가
예쁜 꽃에 반했다
걸음을 멈추고 꽃에게 말했다
어쩌면 꽃처럼 예쁘게 웃을 수 있냐고
꽃은 가위바위보 해서
이기면 그 비밀을 말해 주겠다고 했다
그대 앞에 서서 생각하니
참 지길 잘했다
꽃의 한 순간의 유혹에
내 사랑을 바꿀 뻔했다

사랑은 창조

사랑은 수학공식도 아니고
사랑은 국어 읽기도 아니고
사랑은 철학도 논리도 아니고
사랑은 감성으로 상상을 품는 것이다
그 속에서 저절로 수많은 꿈의 색깔을 그린다
아름다운 예술의 자유처럼
누구나 사랑은 끝없는 그리움으로
자기만의 창조적인 세계를 만들어가는 길

여인과 거울

거울 앞에 앉은 여인
거울도 놀랜다
거울보다 맑은 백옥 같은 피부
그 여인의 얼굴에 색깔을 입힌다
거울이 놀랜다
그대로 그 얼굴이 아름다운데
왜 얼굴에 화장의 가면을 쓸까
그 여인의 얼굴
날마다 마주 본 거울이 가장 잘 안다
거울은 속상해 하며
여인에게 전할 꿈만 꾼다
그리고 주름살에 고인 분가루를 보며
여인이 늙어가는 모습만 지켜본다
거울은 지금도 맑은데

님의 생각

밤새 이슬에 젖은 꽃잎처럼
님의 꽃을 피우고 싶은 생각으로
내 마음 속에 촉촉한 비를 내립니다
나는 날마다 님의 그리움으로 시작합니다

이제 물안개 걷히는 강가에 앉아
햇살을 받아 담으면
님의 얼굴은 꽃이 되어 피어납니다

나는 항상 님의 꽃밭입니다

흙 같은 삶

세상을 산다는 건
남의 도움을 받고 사는 날보다
나 홀로 참고 견디고 이겨내야 하는 날이
훨씬 더 많아요
인생은 산다는 생각으로 가득 차 있으니
삶의 무게가 얼마나 무거울까
그래도 삶은 떨어지지도 않고 무너지지도 않아요
언제나 다시 일어날 수 있는 힘을 주지요
그 힘은 사는 날까지 생명력이에요
생명이 자라도록 아낌없이 내주는 흙 같아요

나는 인간이다

사람마다 극복하기 힘든 일들이 많이 있다
뭘 어떻게 해야 하는지
내일보다 오늘이 있다는 자체도
인정하기 싫은 아픈 고통이 숨통을 조여올 때
한치 앞을 내다볼 수 없는 꽉 막힌
높은 벽을 오를 수 없어
그 자리에서 모든 것을 포기하고 좌절하고 싶을 때
내가 세상에 올 때 무슨 생각으로 왔을까
아무 생각도 없이 무조건 출발했다
그리고 단 한 번도 쉴 시간도 없이
죽기 살기로 원하는 삶을 위해 달려왔다
이 쯤에서 딱 한 번만 곰곰이 생각해 보자
세상을 바라보는 조그마한 여유를 찾을 수 있을 것이다
세상에 사는 생명 그 모든 것 하나
누굴 믿고 살까
저 연약한 풀잎 하나 벌레 하나
자연 속의 생명은 스스로 포기하지 않는다
나는 인간이다

어둠 속에 빛

하루가 낮과 밤이 있듯
내 마음 속에도 빛과 어둠이 있다
사람은 힘들 때마다
스스로 더 어둠 속에 자신을 가둔다
낮에는 볼 수 없는 빛
어둠 속에 살고 있다
그게 절망을 희망으로 바꾸는
흙 속에 진줏빛이다

아름다운 동행

푸른 꿈
널따란 들판에
생명의 빛을 품는 들풀처럼
예쁜 꽃도 저 나무들도
저 홀로 살 수 없는 숙명을 받들고
들풀이 있어 행복한
자연의 어울림이 보인다
행복한 꿈
널따란 세상에
삶의 빛을 찾는 사람들도
햇빛을 찾는 사람들
달빛을 찾는 사람들
아름다운 동행으로 살았으면

열두 봄

너는 할 수 있어
꽁꽁 언 땅에서 눈비까지 내려
세상에 나갈 길을
찬바람이 가로막고 있는
최악의 환경에서도
누구 하나 돌봐 줄 손길도 없는데
봄날에 꽃으로 피겠다는 꿈 하나로
저렇게 꽃으로
성공해서
사랑받는데
너는 봄이 열두 봄이 있잖아
꽃은 봄이 하나인데

파도의 사랑이면

어디서 출발한 인연의 자리였나요
아무리 생각해도 보이지 않는
저 먼 시간을 한 걸음에 달려와
사랑의 이름이 파도의 눈물처럼 부서집니다

밤낮으로 파도를 불러 모은 바람처럼
쉼 없이 사랑이라 외치며
허공에 고백해 버린 순정
구름도 외면한 채
바라보는 소녀의 순정을
당신 마음 한 자락에
비단실처럼 걸어 놓습니다

보고도 만질 수 없는
품 안의 사랑처럼
갈매기 울음 멈춘 그리움에 매달려
바위 꽃을 얼싸안고
울부짖는 파도의 사랑이 되어
숨 쉬는 바다 같은 내 숙명이라 여기며
날마다 파도 물결 모아
바위 끌어안고 울부짖고 있겠습니다

장미보다 사랑

장미는 5월에 피지만
그대는 날마다 제 마음에 핍니다
장미는 때가 되면 지지만
그대는 열두 달 넘어도 지지 않는
사랑꽃입니다

사랑의 파도

시간도 없는
그대 그리움이
내 가슴에 파도처럼 밀려왔습니다
바다의 사랑이 파도치듯
제 사랑도 춤을 추듯 설레었습니다
바람의 숨결로

시인의 정원

시인의 정원은
밤에는 달과 별과 함께
낮에는 해와 꽃과 함께
시의 향연이 펼쳐집니다
밤에는 별들이 소곤거리는 이야기를 적습니다
낮에는 꽃들이 웃는 사연을 씁니다
빛깔마다 색깔마다
빛의 맛으로 우주 만물을 그립니다

나비는 사랑을 전하고
파랑새는 그리움의 편지를 씁니다
무지개 사이 작은 풀꽃도 반짝거리며
희망을 노래합니다

땅 위에 달팽이 한 발 두 발 미끄러지듯
시를 읊조리고
버들피리 부는 베짱이
바이올린 울리는 고추잠자리
모든 생명이 시인의 손짓 따라 세상을 노래합니다

닮은 꽃들

꽃씨는 흙에 뿌려져서
햇빛 달빛 비바람을 먹고
흙에서 자란다
그리고 사람들이 제일 좋아하는 꽃으로 산다

사랑은 마음에 뿌려져서
그리움 설렘 사랑을 먹고 마음에서 자란다
그리고 꽃들이 제일 좋아하는 사람으로 산다
그 꽃 그 사람처럼 살았으면…

인생은 신비롭다

해도 달도
인생의 희망을 위해 뜬다
별도 꽃도 인생의 꿈을 위해 핀다
우주만물 뭐 하나
인생을 위하지 않는 것이 없다
꽃이 사람을 향해 웃고 살 듯
인생도 세상을 향해 웃고 살자
하루하루 은혜와 감동으로

그 길이 꽃길이다

이 세상 사람들
쌍둥이도 100퍼센트 똑같지 않다
누구나 나만의 길이 있다
그 길을 찾아 살아가라
남들 하는 대로
뒤 따라 살지 말고
나 하나만이라도
내가 있으므로
세상길은 새로워진다

따라 살지 말고
나의 길을 가자
그 길이 꽃길이다

어머니 겨울

봄이 행복인가
꽃이 사랑인가
인생에 겨울이 없다면
어찌 사랑을 알겠는가
봄날에 꽃을 피우기 위해
엄동설한의 인고를 견딘
어머니 사랑과 같은 것이다
겨울이

문 열면 길이 보인다

계절의 문은 때가 오면 꼭 문을 연다
계절의 길은 철이 되면 꼭 길을 연다
자연 시간에 삶을 꿈꾸는 사람들인데
누가 무슨 권리로
문을 잠그고 길을 막는가
이 땅이 누구의 땅인데

정치의 길에서

정치는 법을 만드는 길이다
빠른 길 느린 길
바른 길 굽은 길
돌아가는 길 고갯길 비탈길 산길 들길 물길
숱한 삶의 길이 있지만
사람들은 꽃길을 제일 좋아한다
국회는 그 꽃길을 만들 꽃씨를
찾아내는 길이다
그 꿈과 희망의 꽃길은 꿈속에서나 찾아볼까
우리 집 마당에서나 찾아볼까
오를 힘도 없는데
먼 산에 진달래 언제 만나 볼까
국민은 다 늙어 가는데

제8부

지 상 천 국 에 서

장미의 반란/ 이름은 둘 길은 하나
닮은 세월은 행복하다/ 꽃이 예쁜 것은/ 꿈꿔 봐
새롭게 계절의 여왕을 불러본다/ 꽃의 증명/ 사랑의 그릇
꽃 마음/ 풀과 꽃의 생애/ 모란꽃은/ 오월의 사랑/ 빛이 사는 돌
우산 속/ 청개구리 술래잡이/ 지상 천국에서/ 꽃의 말
초록의 잔치/ 웃음의 진리

장미의 반란

4월과 5월은 뜨거운 경쟁의 시간이다
5월 초록 손에 든
붉은 장미 얼굴
심장이 두근두근
몰래 담장을 넘어가고 있다

'멍 멍 멍' 개가 짖어댄다
정신없이 꼬리를 치며
5월 장미의 반란에 빠졌다

이름은 둘 길은 하나

사랑을 담으니
미움이 따라오고
행복을 담으니
불행도 함께 담겨 있더라

둘이는 하나처럼
어느 하나 버리고
택할 수 없는 몸
운명 숙명의 동행길이런가

닮은 세월은 행복하다

사랑하면 닮아간다
꽃을 사랑하면 예뻐진다는 말처럼
부부도 살면서 닮아가고
자식은 뱃속에서부터
닮아 태어난다
제자는 스승을 따라
그림처럼 닮아가고
자연의 연인
시처럼 닮아간다
말 없는 두 그림자 숨소리까지
젊은 세월이 그리고 써 준
'시중유화 화중유시'
시 속에 그림 속에 시처럼 닮은 길을 간다

꽃이 예쁜 것은

꽃이 예쁜 것은
색깔마다
웃고 살아서가 아니다
미운 말 싫은 말을
침묵하기 때문이다

꽃이 사랑받는 것은
피어나서 질 때까지
바람에 흔들려도
핀 자리를 지키기 때문이다

꽃이 말을 했다면 어땠을까
아마 세상이 온통 웃음바다가 될 것이다

꿈꿔 봐

솔씨의 꿈 소나무가
소나무 산을 이루었다
꽃씨의 꿈이
꽃밭을 이루었다
어떤 사물도 꿈대로 됐다
사람은 만물의 영장이다
무엇을 이루지 못하겠는가

새롭게 계절의 여왕을 불러본다

오월을 계절의 여왕이라 한다
누가 먼저 불렀을까
세상의 색다른 언어는 시인이 창조한다

1912년 노천명 시인의 '푸른 오월' 이란 시에서
'계절의 여왕' 이 탄생되었다

그 시의 한 '연' 이다
"라일락 숲에 내 젊은 꿈이 나비처럼 앉은 정오
'계절의 여왕' 오월의 푸른 여신 앞에
내가 웬일로 무색하고 외롭구나"

오월은 어린이 어머니 스승이 사는 계절이다
계절의 여왕답다
장미꽃이 피어 계절의 여왕이 아니다

꽃의 증명

장미꽃을 사람들이 다 좋아하지만
그대는 나만 좋아하는 꽃
사람이 꽃보다 아니
그대가 꽃보다 예쁘다는 걸 증명하는 꽃

사랑의 그릇

당신 사랑을 소쿠리에 담았더니
다 빠져 나가서
다시 그릇에다 담았더니
그릇이 너무 작아 넘쳐 흘러
항아리에다 부었더니
밑 빠진 독인 줄 몰랐어요
어쩌죠
쉴새없이 그리움
사랑은 부지런해야 할 것 같아요
부으면 빠져 나가니까요

꽃 마음

꽃 한 다발을 샀습니다
세월이 아껴 놓은
붉은 향기 가득 담아
그대 두 손에
꽃 같은 제 마음 드립니다
그대는 봄이기에

풀과 꽃의 생애

인생의 불행은 말라진 풀과 같아
끝까지 두고 봐야 알고
인생의 행복은 피어난 꽃과 같아
그도 끝까지 두고 봐야 안다

그날이 오면 영화로운 자는
한 세월의 행복이
세월 먼저 비바람에 떨어진
꽃잎과 같을 것이요

가난한 자는 비바람이 불어와도 세월과 함께
말라진 풀의 뿌리와 같을 것이니
그날에도 해는 뜨고 달이 뜨지만
누구를 위해 뜨겠는가

모란꽃은

꽃 꽃 꽃
부귀영화
사랑 아름다움
행복 꿈
미인
꽃은 정말 좋겠다
사람들이 꽃을 내세운 것이 많고 많으니
그중에서
서양은 해바라기 꽃이 부귀영화를 상징하고
한국은 모란꽃을 꽃 중에 꽃 부귀영화로 내세운다
노란 양판 걸어 놓은 것 같은 해바라기 꽃보다
그래도 고운 여인의 품성같이 화려한 모란이다
그런데 한국 사람들은
부귀영화를 상징하는 꽃까지도 해바라기를 좋아한다
우리나라 무궁화보다 일본 벚꽃을 좋아하는 사대부
노예 근성을 못 벗어난 것 같다
이제는 못 살고 어두운 한국이 아닌
초인류 선진의 선도국가 대명천지 대한민국에 살면서
세 살 버릇 여든이라는 속담이 옛날 말이라며 비웃는다

오월의 사랑

누가 저렇게 차별 없는 손길로 물들이겠는가
오월이 아니면
누구 한 사람 소외된 얼굴이 없다
오월의 빛깔은 사랑뿐이다

빛이 사는 돌

아무리 아름다운 꽃도 보석으로 필 수 없고
아무리 푸른 소나무도 보석으로 설 수 없다
인간이 가장 좋아하는 값진 보석
그 보석은
돌만이 보석으로 탄생될 수 있다
세월 무늬의 고향
돌 같은 사람을 보았다
영원한 생명의 빛으로

우산 속

비 오는 날이면 제일 먼저
생각나는 사람
우산을 같이 쓰고 싶은 사람
나는 그대
당신은 누구

청개구리 술래잡이

숲속 하얀 폭포 아래 작은 웅덩이
술래잡이하는 개구리
큰 바위 푸른 이끼 속에 숨은 청개구리

그늘 속 얌체 개구리 녀석
작은 바위 등껍질 옷을 입고 숨었다
햇살 쬐는 꼬마 개구리

바람에 흔들리는 아파리 옷으로
갈아입고 변신하는데
공중을 맴도는
고추잠자리 매일 애꿎은 술래만 돈다

지상 천국에서

사람아 사람으로 나서
꽃을 만나 사진만 찍었지
꽃을 보며 시 한 수 지어 봤는가
사람아 사람으로 살며
차 한 잔 술 한 잔에
세상 불평 수다만 떨었지
시 한 수 써 봤는가
여자는 차 한 잔에 시 한 수요
남자는 술 한 잔에 시 한 수라 했으니
자연의 맛 시향을 느끼며 미리 가 본 하늘 천국
지상 천국에서 영생하며 살아가세나

꽃의 말

사람들은 꽃을 보면
꽃비어찬가를 부릅니다
"사랑해 행복해 예쁘다 아름답다" 말합니다
꽃은 그저 웃고만 있습니다
웃음으로 인사할 뿐입니다
나도 이제 꽃을 보듯
그대를 말하는 언어를 만들겠습니다

초록의 잔치

온 산천에 오월의 초록 빛깔
생명의 잔치가 시작됐다
자연의 젊음의 싱그러운 기운을 늘어놓았다
세월의 걸음도 오월 젊음에
풍덩 빠져 버린
시간 속에
자연을 닮은 시인의 마음이
또 하나의 쌍둥이 산을 풀어놓고
세상의 무거운 짐 사람의 지친 삶
푸른 보자기로 감싸준다

웃음의 진리

사람들은 꽃을 보면 예쁘다 아름답다 향기롭다
꽃이 좋아할 말을 다합니다
그래서 꽃은 웃고만 사는가 봅니다
나도 이제 꽃을 보듯 그대에게 말하겠습니다
꽃의 웃음소리는 들을 수 없어도
그대의 웃음소리는 날마다 듣고 살겠지요
이리 쉽고 간단한 진리를 모르고 살았습니다

바람의 시간

.

지은이 / 오다겸
발행인 / 김영란
발행처 / 한누리미디어
디자인 / 지선숙

.

08303, 서울시 구로구 구로중앙로18길 40, 2층(구로동)
전화 / (02)379-4514, 379-4519
Fax / (02)379-4516
E-mail/hannury2003@daum.net

.

신고번호 / 제 25100-2016-000025호
신고연월일 / 2016. 4. 11
등록일 / 1993. 11. 4

.

초판발행일 / 2023년 7월 15일

.

.

값 15,000원

.

※잘못된 책은 바꿔드립니다.
※저자와의 협약으로 인지는 생략합니다.

.

ISBN 978-89-7969-74-9 03810